KB110780

밤하늘은 언제나 가장 짙은 블루

夜空はいつでも最高密度の青色だ

YOZORA HA ITSUDEMO SAIKOIMITSUDO NO AOIRO DA
(The Night Sky Is Always the Densest Shade of Blue)

Originally published in Japan by Little More Co., Ltd. Japan

밤하늘은
언제나
가장 짙은
블루

사이하테 타히

정수윤 옮김

마음산책

옮긴이 **정수윤**

경희대를 졸업하고 와세다대 문학연구과에서 석사학위를 받았다. 동화『모기 소녀』와 와카 에세이『날마다 고독한 날』을 썼으며, 다자이 오사무 전집(공역), 미야자와 겐지『봄과 아수라』, 사가와 치카『계절의 모노클』, 미시마 유키오 『금색』, 다와다 요코『지구에 아로새겨진』, 이바라기 노리코『처음 가는 마을』 등을 우리말로 옮겼다.

밤하늘은 언제나 가장 짙은 블루

1판 1쇄 발행 2020년 7월 30일
1판 2쇄 발행 2023년 6월 1일

지은이 | 사이하테 타히
옮긴이 | 정수윤
펴낸이 | 정은숙
펴낸곳 | 마음산책

편집 | 성혜현 · 박선우 · 김수경 · 나한비 · 이동근
디자인 | 최정윤 · 오세라 · 한우리
마케팅 | 권혁준 · 권지원 · 김은비
경영지원 | 박지혜

등록 | 2000년 7월 28일(제2000-000237호)
주소 | (우 04043) 서울시 마포구 잔다리로3안길 20
전화 | 대표 362-1452 편집 362-1451   팩스 | 362-1455
홈페이지 | www.maumsan.com
블로그 | blog.naver.com/maumsanchaek
트위터 | twitter.com/maumsanchaek
페이스북 | facebook.com/maumsan
인스타그램 | instagram.com/maumsanchaek
전자우편 | maum@maumsan.com

ISBN 978-89-6090-632-7 04830
ISBN 978-89-6090-634-1 04830 (세트)

* 책값은 뒤표지에 있습니다.

타인의 언어는 결코,
나의 정답이 될 수 없음을 알기에,
홀로, 밤을 읽지 않기로 한다.

• 차례

● 블루의 시   13

　● 아침   14

　　● 유메가와이는 사후의 색   17

　　● 행성의 시   19

　　　● 달 표면의 시   21

　　　● 미즈노 시즈의 시   22

　　　● 토끼 이민   24

　　　● 조각칼의 시   27

　　　　● 될 대로 되라   28

　　　　● 별   30

　　　　● 오리온자리의 시   33

　　　　　● 신주쿠 동쪽 출구   34

● 귀여운 평범 36

● 도시 고속도로의 시 39

● 24시간 40

● 아름다워서 좋아 42

● 프리즘의 시 45

● 차가운 경사 46

● 성자 옆에는 언제나 미치광이가 있다. 48

● 대나무 50

● 여름 52

● 시부야의 시 55

● 꽃과 고열 57

● 눈 58

● 미피, 싸우다 60

● 책갈피의 시 63

● 일본어 64

● 봄 내음 67

● 공기의 시 69

● 조가비의 시 71

● 어여쁜 인생 72

● 어느 CUTE 74

● 4월의 시 76

● 헤드폰의 시 79

● 차원의 고독 80

● 어서 와 82

● 공백의 시 85

● 꽃밭 86

● 자각 89

● 사람의 시 91

● 이제 끝이야 93

● 미술관 94

● 블랙의 시 97

● 시인의 말 99

● 한국어판 인사말 103

● 옮긴이의 말 106

꽃은 지더라도 죽지 않고,
잊을 만하면 다시 피어 이쪽을 본다.
우리는 외로워서 사라지고 싶어도,
한번 사라지면 영영 못 돌아와.

도시를 좋아하게 된 순간, 자살한 것이나
마찬가지야.

손톱에 칠한 색을, 너의 몸속에서 찾아보려 한들
헛일이겠지.

밤하늘은 언제나 가장 짙은 블루다.

네가 가여워하는 너 자신을, 아무도 사랑하지
않는 한,

너는 분명 세상을 싫어해도 좋다.

그리고 그러하기에, 이 행성에, 연애 따위는 없다.

블루의 시

아침

새해가 열리고, 답을 찾는 아침이 온다. 뜨거운
김처럼 잠에서 깨어, 하늘 높이 솟아버린 꿈을,
날아가는 풍선 보듯 바라보았다. 가족이 아니고서는
어떻게 아침을 맞는지 알지 못한다. 나는 내가
제대로 깨어났는지, 같은 세계로 돌아왔는지,
확인하고 싶지 않다. 거울을 보지 않는다.

그저 낯선 음악을 듣고 싶었다. 이제 영원히,
다시는 듣지 못할 음악과 스치고 싶었다. 그랬다면
누구를 좋아하는 일 없이, 다만 순수하게 아름답다
말할 수 있었으리라. 제과점에 가서, 맛있게 먹은
케이크 이름 하나 댈 수 없으니 늘 빗나간다. 아침도,
그 정도라면 좋았을 텐데. 내가 좋아하는 건 밤사이
사라지게 놔두고.

외로움은 그만 죽어주겠니.

검은 눈동자 속에, 태엽 같은 어제가 보인다.

오늘의 나는, 어제의 나를, 무시할 수 있기에

아름답다.

유메가와이˚는
사후의 색

네가, 그 아이를 귀엽다고 하는 근거가,
단순한 열등감이라면 좋을 텐데.

명주와 누에, 죽어버린 것들이 아름다운 실이
되기도 한다. 내가 외로울 때, 내 안의 무언가가
죽거나 더럽혀져도 좋으니, 누군가에게 의미 있는
것을 뽑아낼 수만 있다면 아무래도 좋았다.
생명감 넘치는 사람일수록 픽션처럼 보이는
감각. 유메가와이는, 사후 같은, 색. 지금도, 지상
어딘가에는 비가 퍼붓고, 몇몇 눈동자가 감기어 있다.
죽어, 라고 하면 간단히 고독을 손에 넣을 수 있었다.
널 어루만지는 투명한 바람이, 이제 와 되고 싶지는
않다.

• 꿈(yume)처럼 귀여운(kawaii) 분위기를 이르는 신조어.

사랑에 빠진 여자아이가 싫다.

어떤 악의도 예쁘장한 언어로 꾸밀 수 있으니,

인간은 제대로 된 세상을 얻지 못한다.

봄이 가고 태풍에 쓰러진 생명들 위로 한여름
뙤약볕이 내리쬔다.

초록빛. 너는 또 아름다운 척을 하며, 싫어하는
사람에게 상처를 주지.

계절조차 되지 못하는 감정에는, 아무 의미도 없어.

행성의 시

나를 싫어해도 괜찮아,

라고 말할 수 있어야 상냥한 사람이 될 수 있습니다.

청춘이 앗아간 순수함을,

잃어버린 탓에 청춘소설을 좋아하는 사람.

행복이 귀찮은 듯 구는 아이를 좋아한다. 인간을
썩게 만든다.

땅으로 다가가고, 꽃에서 멀어지네.

나는 네가 싫습니다. 그리고 내일이면 잊겠습니다.

멋들어진 소나무가 잘려 나간 거리에서, 에도시대
혈투 이야기.

피로 물든 땅에 서 있지만, 나의 몸은 틀림없이
흙으로 이루어져 있었다.

아이는 잔혹.

나는 네가 싫지만, 죽이고 싶다는 생각까지 들지
않는 건,

더는 아이가 아니라는 그것뿐인 달.

달 표면의 시

미즈노 시즈＊의 시

우주에 대해 논의해본들 뾰족한 수가 없다는
기분이 든다. 팽창하는 곳에서 모두들, 팽창하고
뻗어나가면서도 무자각. 밀도가 떨어진다. 살아도
죽은 것과 별 차이가 없어서, 밋밋하네, 하고 서로를
칭찬한다.

인터넷과 우주가 팽창을 이어간다. 하지만
인터넷은 폭발하고, 남은 건 미즈노 시즈 같은
사람과 약간의 스위치뿐. 우주는 팽창하고, 인류는
살이 찌지. 결벽한 사람들이 만든 거리에는, 눈을
찌르는 컬러풀과 판타지가 뒤섞여, 아침이나 낮이나
밤 같다. 어제, 너는 내게로 왔다가, 어디론가 떠났다.

* 아이돌, 만화가, 일러스트레이터(1988~). 자기 욕망을 직업으로
   삼는 인물. 직업을 하나만 고르지 않는 건, 하고 싶은 것을 다 하며
   놀이동산처럼 즐거운 존재가 되고 싶기 때문이라고.

지금, 여기서 숨 쉬고 있음에 가치를 찾아내는
인간이 얼마나 될까. TV가 쏟아내는 꿈과 사랑만이
올바른 개념. 빛 알갱이로 변환된 얼굴이 거리거리
흘러나와 만나러 온다. 죽은 사람도 보존이 가능하다.
그림이나 언어도 보존이 가능하다. 지금, 살아 있는
인간이 너에게 줄 수 있는 건, 배신뿐인지도 몰라.

　난 널 모르지만, 네가 만든 것보다, 네가 거기
있음을 좋아하고 싶어. 그리고 멋대로 환멸을 느끼고,
그마저도 기쁘게 받아들이고 싶어. 그걸 허락해주는
사람이 있다면, 그것만으로도 나는 편히 살고, 또
죽을 수 있어.

토끼 이민

　너희 집을 해체하는 데는 무척 긴 시간이
필요하구나.

　잔해가 산더미다. 몰라볼 만큼 아름답다.
여자아이는 사랑을 하면 아름다워진다지. 애초에
이민의 줄에 있었다. 정신을 차려 보니 속눈썹을
덧칠해대며 여고생 옷을 입고 있었다. 자기 목소리를
내는 장미를 두고, 말도 섞지 말고 잘라내 버리라고
하는, 그런 사람들이 싫어서 집을 버리고 온 거야. 그
줄은 유라시아에 당도했을까.

　우선은 생존을 잊고 살아야 다른 걸 생각할 겨를이
생긴다. 좁은 두개골로 세상을 이해해보려고, 국어니
수학이니 열심히 했는데, 그날 본 토끼로 모든 게
파문혔다. 물속으로 떠밀리면 숨쉬기도 벅차서,
토끼마저 깡그리 잊고 말겠지.

아무도 없어. 그 어디에도. 사랑이라는 글씨가 다가왔을 때, 더럽혀질 것을 알고 있었다.

돌아가겠다는 말을 할 수도 없다, 너도, 내일부터 시작될 거야. 여자아이는 더욱 민첩하게 아름답고 싶다.

널 만나지 않아도 어딘가에 있을 테니, 그걸로
됐어.

다들 그렇게 안심해버린다.

물처럼, 봄처럼, 너의 눈동자가 어딘가에 있다.

만나지 않아도 어디에선가,

숨 쉬고 있다, 희망과 사랑과, 심장이 뛰고 있다,

죽지 않고 잠들었다가, 가끔 일어나 어떤 표정을
짓고,

TV를 보다가, 가만히 앉았다가 일어섰다가,

네가 울고 있는지 절망 속에 있는지, 그런 것과는
별개로,

네가 어딘가에 있다,

심장이 뛰고 있다,

그것만으로 다들, 잘 지내는 것 같다며 안심한다.

잘 지내나요? 살아 있습니까?

너의 고독을, 꼭 닮은 상냥함.

조각칼의 시

될 대로 되라

올바른 일은 로봇에게 다 맡겨버리고, 우리는
무모하게, 감정적으로 비뚤어져서, 떠들고 한탄하고,
울다 지쳐 잠들자. 매일, 숨 쉴 때마다 조금씩, 초록빛
경치가 생겨난다는 건, 어쩐지 산을 토할 것만 같아
기분이 나쁘다. 여름날 소나기도, 비 갠 오후도, 구름
낀 하늘도, 모든 것은 그저 스쳐 지나갈 뿐. 어디론가
떠나갈 하늘이 나를 찾을 리도 없잖아. 여름이니
겨울이니 그런 투명한 것들이 온다는 이유로, 긴팔을
벗고, 반팔을 입으며, 털갈이도 못 하는 한심함을
어떻게든 패션으로 보완한다.

거리는 인간의 침전물이다. 호수에서 죽고 썩은
물고기와 풀이, 침전하여 바닥에 새로운 흙을 만든다.
박테리아가 분해한 생명이, 먹을 수도 없는 흙이
되는 시간은, 몇 억 년, 점 몇 초? 내가 길거리에

굴러다니는 콘크리트 조각이 되어, 단란한 4인
가족이 사는 집 마룻바닥이 되는 건 몇 년 후일까.
그것을 위해 태어났습니다. 단언할 수 있습니다.

　갑작스레 사랑에 빠지는 일이 로맨틱한 것처럼,
갑작스레 누군가를 미워하는 일, 그것도 나름대로
시적 정취가 있다고 말하고 싶다. 아무도 사랑하지
않는 건 문제가 되지 않았다. 아무도, 원망하지 않는 게
문제였다. 인간은 누굴 미워하지 않으면 끝장이라고,
변명이라도 하면서, 널 미워하고 싶다. 꿈은 부서지고
산천만 남았네.• 나는 하루빨리 산천이 되고 싶다.
살아서 필사적으로 행복 찾는 인간에게 속물이라
말하고, 세상에서 가장 낮은 산천이 되고 싶다.

• 당나라 시인 두보의 「춘망」 첫 소절.
　'나라는 망하고 산천만 남았네'를 차용한 구절.

별

　좋아해 싫어해 착해 멋져 맘에 들어 또 보자로
이루어진 우리들에게
　자동차가 달려들어, 누가 죽고, 그러다 사랑이
싹트고, 그러다 아이가 생기고, 그러다 또 누가 죽고,
누가 죽어, 늙고, 전원 사라지고, 그다음 아이들이
뛰어다닌다
　들판　흔들리는 강아지풀과 앙상한 나무들
　넌 소중한 사람이야 라는 기분에는 얼마만큼
의미가 있을까
　좋아해　헤어진 뒤에 그 기분만 남는다면　넌
분명 노을에 잠겨
　지구 위를 맴돌겠지
　가끔씩 나와 너라는 존재는 의미가 없고　우리
사이의 기분만이 세상에 진짜로 필요한 게 아닐까
하는 생각이 들어　흙이 숨을 쉰다　마을 근처

강가에서　　그날 네가 한 말이 지금도 굴러다니며,
물을 어루만진다

　너보다 귀중한 생명은 없어

꿀이, 손끝에서 미끄러지듯, 체온이 달아난다.

기억이 떠나간 몸과, 코트가,

어둠 속에 버려진 회중전등처럼 따뜻했다.

사람의 정신성과는 별개로,

이곳은 원기둥 모양의 체온이, 숲처럼 내처 섰다.

온도에 이름 같은 건 없다.

겨울을, 봄으로 바꾸지도 못하는 이 몸에, 생명이

싹틀 리 없다.

오리온자리의 시

신주쿠 동쪽 출구

"너희들 따위 알지도 못하고,

 너희들 따위 싫지도 않다."

 신주쿠 길거리에서 파는 도넛은 언제 먹어도
환상적인 맛. 시간은 말하자면 생명이다.
먹고 보고 만들고 듣는 모든 게 결국은 내 생명을
지불한 대가다. 좋아하는 게 없다는 건 불행한
일이야, 사는 의미가 없잖아. 같은 말은 다
거짓말이고, 여유가 가장 본래의 맛. 생명의, 소재의
맛이다.

 프래니와 주이. 등장인물과 등장인물. 어차피
거짓말이다, 죽은 것도 산 것도 아닌 존재다, 그렇게
결론짓고 바라본 현실은 밟아 뭉개도 좋은 휴지
조각. 너도 그렇고. 그 녀석이나, 그 아이나, 밟아
뭉개도 좋은 휴지 조각.

부탁이니, 내가 보이는 만큼만 그만큼만 나를
바라봐줄래. 누군가의 심심풀이가 되기 위해, 사랑이
되고 싸움이 되기 위해, 내가 살아 있는 게 아니야.
지루함을 모르는 사람들에게, 사는 의미라는 게,
있을까. 네온사인과 호객, 혼잡과 욕설. 거리의
인파는, 그리고 나는, 당신을 고독하게 만들기 위해
흘러가는 것이 아니다.

귀여운 평범

　네가 내게 하는 귀엽다는 말이, 날 경멸하는
증거가 아니라고 할 수 있을까. 좋아한다고도
싫어한다고도 할 수 없다면, 내 앞에서 꺼지라는
소리나 마찬가지라고, 너는 늘 화가 나 있다. 나는 널
좋아하지도 싫어하지도 않은 채로 상냥하고 싶다.
어렴풋한, 죽음의 느낌으로 존재하고 싶다.
　애정 어린 우정은, 대체품에 불과하다.

　네가 고독한 체하는 동안, 나는 너와 친구로
지낸다. 빛나는 파도가 밀려왔다 밀려간다. 너의
발목은 나의 발목이 그렇듯, 그저 거기 있음을
누구에게도 증명할 길이 없다. 고독해지면 특별해질
거라고 믿는, 우리는 평범하다. 교복이 간신히
우리에게 의미를 부여한다. 너는, 어떤 어른이 될까.
그저 무던하게, 세상에 있어도 그만 없어도 그만인,

사람이 될까.

　오직 우정만이 환멸 없는 감정이다.

　바다가 고한다. 너는 서 있다.

　나의 친구.

너의 가장 못난 부분을 사랑해주는 사람이 있다면,

그 사람이 너를 돌봐줄 거야.

사람의 감성은 쉽게 죽고, 쉽게 누군가의 펫이

되어,

사랑이라는 말을 믿고, 보통의 죽음을 맞이한다.

오늘도, 택시 유리창이, 카드놀이 하듯 거리를

섞는다.

고향의 밤하늘이 한 톨씩, 나의 피부에서 벗겨져

간다.

도시 고속도로의 시

24시간

순도 높은 언어와, 당도 높은 언어, 빈사 상태
문맥으로 이루어진 야경. 재능 있는 사람이 만든
욕망의 노래를 듣고 있다. 어떤 악의도 천재라면
수긍할 수 있다는 걸 다들 알아서, 그래서 미술관에
가는 거야? 알리고 싶지만 알려지길 원치 않는
언어는, 밤과 아침 사이 1밀리의 틈과 같은 얼굴.
핑크빛 별하늘 겸 아침놀은, 죽기 직전 탄식과도
같다.

너를 원한다는 말이 100엔 숍에 빙빙 회오리친다.
비유를 든다 한들 숲이 커질 순 없고, 은유법을
써본들 너는 가수가 아니다. 남자나 여자나 다 너무
싫은데, 그래도 외롭다. 솔직해져라, 인간의 사랑은
거기서부터다.

편의점은 아슬아슬 살아간다는 걸 깨닫지 못할

만큼, 밥과 물과 화장실을 제공한다. 죽은 사람
이야길 하면, 그럭저럭 괜찮은 자기비판. 불성실한
것은 너의 존재 자체라는 말을 듣고 있는 듯한 예감.
폭파 뉴스.

　　나, 제대로 모금했습니다.

　　나, 제대로 자리 양보했습니다.

　　나, 제대로 잘 먹겠습니다라고 합니다.

　　나, 제대로 사랑이 행복을 가져다준다고
생각합니다. 믿고 있습니다.

아름다워서 좋아

눈[雪]이 아름답다는 것은 거짓말이다.

하얀 피부가 아름답다는 것은 거짓말이다.

내가 가질 수 없는 걸 손에 넣은 모든 사람이
조금도 아름답지 않다는 게, 너의 말보다 몇 배는 더
나에게 상처를 준다. 살아 있음에 기적을 느끼는 건
다섯 살까지로 하자. 언제까지 생명에 놀랄 셈이야.

너에게 피가 돈다는 것, 기름이 돈다는 것, 한
번도 잊은 적 없다. 나의, 아름답다는 말에는,
성욕보다 훨씬 더 속물적인 욕망이 회오리치고
있었다. 아름다운 것이 좋아. 너는 죽을 때, 눈꺼풀
사이로 보이는 가느다란 세계가 하얗게 반짝이며
떨어지는 광경이 아름답다고 생각했다. 말로 설명할
수는 없지만, 너의 마지막 의식은 그렇게, 한없이
녹아내리리라. 너는 이별의 말도, 감사의 말도
잊었다.

영원을 표현하는 길은, 상실뿐이다.

굿바이 내가 존재했음을, 놓쳐버린 너의 눈동자는
아름다웠네.

네가 보고 있는 햇살이, 저녁볕이건 아침볕이건,

그것이 너만을 위해 쏟아지고 있다고 믿어도 좋아,

라고 말할 수 있는 사람이 되고 싶었다.

자신이 보통의 인간임을,

자각하고 살라는 둥 그런 건 누가 정했지.

우주가 되겠다는 마음가짐으로, 모든 걸 믿고,

날 좋아하지도 싫어하지도 않고,

먼지 보듯 해주어서 좋았다.

너에게 상냥하지 않은 사람을, 네가 무시한다.

그것만으로 봄이 온다면 좋을 텐데.

프리즘의 시

차가운 경사

아침 방송에서 안녕하세요, 라는 단어가 반짝거려
보일 때가 있다.

눈부신 탓이다. 그래도 그 단어를 사랑한다.
눈부시다는 이유 하나로, 너보다 훨씬 사랑스러운
존재가 된다. 나는 가끔씩 빛 때문에 아주 쉽게
사람을 배신한다.

산다는 것에 대해 아무것도 모른 채 죽어가는
것이 자연스러워서, 나는 쓸모없어질 것을 알면서도
너의 그림을 그렸다. 상냥함이 기분 나빠 어쩔 줄
모르면서도, 역 앞에서 아이를 도와주기도 하고.
편의점에서 매일 똑같은 커피를 산다면, 누군가가
끔찍한 별명을 붙이겠지. 외로울 때마다 인생을
되돌아보며, 살아온 날들을 확인하는 것밖에는 할
일이 없다면 죽는 게 낫다.

무언가를 만들면 살아갈 수 있다거나, 그런 건
거짓말이다. 나는 파괴하는 쪽이 좋다. 천재지변이
일어나면 신기하다는 듯 하늘을 올려다보며, 안전한
오두막에서 바깥을 내다본다. 사람의, 추억이
무너져가는 것을 본다. 나의 얼굴은 추하고, 아름다운
것에 위로받는 일도 없다. 슬픔이나 외로움은 조금도
아름답지 않고, 비참하기만 하다. 다만 바람이 내
몸을 훑듯이 스쳐가고, 춥기는 해도 죽지는 않는,
가을날 물드는 산을 나는, 사랑하고 있다.

성자 옆에는 언제나
미치광이가 있다.

성별도 무엇도 없는 곳에서, 사는 것도 죽은
것도 아닌 때에, 나의 의식 근저에서 옅은 핑크색
물감이 번져 나왔다. 그것은 분명 아름다움이라는
개념이었고, 지금은 살과 피의 바닥에 가라앉아
있다. 너의 눈동자가 그것을 본다. 그렇게 단정 짓는
일이 너를 사랑하는 첫걸음 아닐까. 열의 근원에서
어눌하게 말을 토해낸다.

서점에서 영원이었던 말이, 내 안에서 순환하다,
어느새 순식간에 낡고, 물러졌다. 너는 너의 눈물이
언젠가는 썩는다는 사실을 알까. 망령이 그러하듯,
본질적으로는 누구나 평등하게 사랑스럽다는
눈동자로, 마음으로, 육체로, 너의 손길을 느끼고
싶다. 성자 옆에는 언제나 미치광이가 있다. 나는
당신을 사랑합니다, 다른 모든 사람과 마찬가지로

사랑합니다, 너의 그런 몹쓸 사랑으로, 네가 70억
명을 죽일 때, 나는 가장 먼저 그렇게 죽고 싶다.

대나무

애정이 기분 나쁘다고 할 수는 없다.

열도 없는데 병에 걸린 걸 알고 어른이 되었을 뿐.
네모난 상자에 꾹꾹 담긴 어른의 동정심이 그리워,
음반 가게로 향하는 사람. 자기를 가여워하는
사람들이 좋아할 음악, 늘어나겠지. 밤에도 문을
여는 케이크 가게만이 아마도 제대로 된 사회입니다.
기껏해야 사랑한다는 말밖에 어울리지 않는 감정,
그걸 구체화해야 죽지 않고 살 수 있으니, 우선은
원하는 척을 한다. 사실은 달이 고향입니다. 여름이든
겨울이든 싫어할 마음만 먹으면 싫어지는, 그것이
인간의 본성이다. 편의점은 너를 위해 24시간 영업을
시작한 거야. 어둠만으로 밤이 왔음을 아는 것처럼,
일이 제대로 안 풀리면 그곳이 불행. 욕밖에 할 줄
모르는 악기가 손발을 휘젓는다.

밤의 형태를 모르면서 어른이 되었다고 한다.
"괜찮다는 말은 듣기보다 내가 하고 싶어." 성별이나
인격보다 내가 태어났다는 기적만을 바라봐주길.

사랑해 그걸로 충분한 고독 따위 내게 없다.
나를 가없다고 말해주는 사람이 있기에,
이곳은 아직 상냥한 세계.
전 인류, 나를 위해 태어난 걸 축하해.

여름

너를, 내가 모른다는 것은 하나의 폭력이다. 주먹을
휘두르고 있다. 네가 어디로 갈지, 어디서 왔는지,
알려고도 하지 않는 것은 하나의 폭력이다. 걷어차고
있다. 관심이 없다. 이름도 모른다는 것, 생김새를
모른다는 것. 폭력이다. 죽이고 있다. 네가 죽든 살든,
나는 알 길이 없다. 영원히. 죽이고 있는 거야.

사랑해. 라는 말을 입에 담을 때, 입에서는 피
냄새가 난다. '사랑'이라는 말에는 역사상 모든
인류가 남긴 '사랑'의 정의가 축적돼 있어서, 어쩐지
피 냄새가 난다. 그걸 음미하며 되뇐다면, 언젠가
각혈을 할 거라는 예감이 들었다. 역사의 모든 피에
졸라매여서, 나는 해저에서 숨쉬길 관둘지도 모른다.
너희가 어디선가 주고받을 '사랑'이라는 언어가,
너희를 자근자근 죽이고 있다. 그 소리를, 귀 기울여

듣고 있었다. 폭력이야. 죽이고 있어. 네가 죽든 살든 나는 알지 못한다. 알 턱이 없다. 처음부터, 그리고 영원히, 너는 내게 있어 시체다.

거기 있는 것만으로도 좋다고, 사랑하고 있다고,

복사해서 붙인 것 같은 말로 심장을 지킨다

신호도 사람도 무시하고 달려 나가면, 죽는 수밖에

없는 교차로

산다는 건 어쩐지 집을 지키는 개 같네

여기는 시부야   널 미워해줄까 정도는 말할 수

있는

귀여움이 없으면 죽임을 당하는 곳   꿈의 거리

시부야의 시

꽃과 고열

체내에 찬물 한 방울 없음. 자부심을 가져, 너는
살아 있다.

한여름을 보내며, 생존을 뼈저리게 느낀 육체.

쾌감처럼 끝나가는 생명이다. 끓는 물로 들어가는
생선이나 야채도, 살아 있을 때보다 선명한 색을
띤다. 인간은 분명 죽어서 아름다워지는 것들만을
소화할 수 있으리라.

계절이 밤을 스쳐간다. 할 이야기도 더는 없었다.
이대로 좋다는 말을 찾아, 꽃다발에 얼굴을 묻는
사이, 나 이외의 생명체에게 이름을 붙이고 싶어진다.

나는, 생명에서 멀어진다. 임신, 출산, 종의 존속.

무언가를 낳는다면, 조금은 죽어보아야 해.

네가 끝나지 않는 한, 세상은 계속되지 않는다.

눈雪

　세상에서 가장 높은 빌딩에 오른다 해도, 사람과
사람은 표면장력 비슷한 힘으로 이어진다. 저문 줄
알았던 해가 다시 수평선에 얼굴을 내민다. 호텔에
적어놓은 연락처는 내 번호인데, 내가 죽으면 어디로
연락이 갈까? 방이나 보석도, 내가 죽으면 누군가가
사용하겠지. 이상기후의 아침에는 자살이 줄어든다.
오늘 우리는, 길 가다 만난 것처럼 눈 이야기만 하네.
　아는 줄 알지만 실은 아무것도 모르는 거리에서,
공백을 에워싸듯 아는 길만 걸어 슈퍼로 향한다.
토막 낸 생선을 사 와서 간장에 찍어 먹는데, 그것이
생명을 먹는 행위인지, 생명을 에워싼 행위인지,
분간이 잘 안 가. 잘 먹겠습니다, 라고 했다. 그걸로
더는, 아무 생각 안 해도 All OK였다.

　사랑이 사랑이라는 형태를 띠는 것이 우습다.

사랑은 새까만 상자여야 한다. 마음이 위인지
아래인지는 상관없고, 내가 그간 보지 못한 생활들을
메워, 어서 All OK로 만들어주겠니. 세이키마쓰Ⅱ•가
연말 홍백가합전에 나온다면 어디 출신이라고 할까?
우리의 공유 혹은 공격을 밟아 뭉개듯 눈이 내려,
다음 날 아이는 불덩이가 된다. 좋아해, 좋아해, 정말
좋아해. 눈이 좋아, 정말 좋아. 세계에서 가장 높은
빌딩 위에서, 표면장력 같은 빛으로 감싸줘서 고마워.
쌓든지 메우든지 나를 에워싼 타인은 있다. 공백이
막히면, 공유한 누군가가 다가와 악수를 청하겠지. 이
얼마나 대단한 지옥이야. 너도 나도 지옥 출신. 살아
있으면 좋은 일도 있겠지. 70억 명과 친구가 될 수도
있고, 친구가 되지 못하면 영원히 죽을 수 없어.

• 일본의 헤비메탈 그룹. 악마주의를 표방하며 해외에서는
  THE END OF THE CENTURY로 활동한다.

미피, 싸우다

이 학교는 원래 바다에 잠겨 있어야 했다.

우왕좌왕하는 상어를 어쩌면 좋을까. 상어
때문에 칠판이 보이지 않아. 동정심은 들지만 넌
사람을 잡아먹잖아. 하지만 못 본 척하면 나도 상어
살해범으로 물고기들의 원망을 살지도 모르지.

칠판이 안 보여.

저는 군인입니다, 라고 교실에서 뜬금없이
소리를 지른다면 너는 어떻게 나올까. 지우개를
빌려줄래? 다음 생에도 만나줄래? 우주선이 온다.
나를 데려간다. 나중 일은 너에게 부탁했다. 괴물을
무찌른다. 잘하는 일인지는 몰라도 아무튼 무찌른다.
너만이 할 수 있어. 우주선 안은 딸기 냄새로
가득하겠지.

왼손으로 때리던 사람이 어느 날 터져버리는,
그런 일을 상상하면 하루하루가 괴로워. 모르는
여자가 갑자기 찾아와서, 너 때문에 그가 죽었다고
한다면 어쩔 거냐며 맥도날드에서 빨대를 꺾는다.
글쎄 나도 모르지, 그런 일은 안 일어나, 하고
대답하는 널 좋아해. 자는 사이 그네에 실려 왔다가,
다시 침대로 되돌려지겠지만 넌 모를 거야.

나 사실은 인간이 아닐지도 모른다고, 밤을 쏠
때마다 생각합니다.

죽으면 조만간 메일함이 터질 테니 알아차려줘.
나쁜 괴물인지 착한 괴물인지 나도 알지 못한 채
싸우고 있어. 나의 폭력에 너는 이름을 붙였지.
그것은 사랑, 이제 그쯤 하자.

굿바이, 그 말을 꺼내지 못하는 너는 아직
어린아이다.

언제까지고, 죽음이 두렵지 않다.

잿빛 호흡. 오리온자리에서 쏟아진 듯한 교차점.

택시에 올라탄 여름이 떠나고,

다들 빈 껍질처럼, 어른이 되어 식어간다.

서로 사랑하면 평화가 온다는 노래가 흐르는
가운데,

그렇다면 누구에게도 사랑받지 못하는 사람은

죽으라는 소리인가, 하고,

교실 구석에서 씩씩대는 여자아이.

아무도 모르게, 나는 너를 좋아하고 있어.

그러니 최악이라는 겁니다.

책갈피의 시

일본어

　네가 만약 병에 걸린다면 '죽고 싶지 않아'
여섯 글자에도 분명 가치가 생기겠지. 그만큼
언어란 아무래도 좋은 것. 내가 무슨 소릴 하든
가치는 생기지 않아.

　사람을 좋아한다는 건 뭘까. 사람을 좋아하고 안
좋아하고, 그런 거, 차별이잖아. 너랑 네가 좋아하는
사람만 살아남으면 된다고 생각하잖아. 괴물이
세상을 덮친다면 말이야. 세계 평화 어쩌고, 누굴
사랑하는 동안에는 그런 말 하지 마.

　다들 잘 지내? 나는 잘 지내고 있어. 하지만
언젠가는 죽겠지. 그러니 죽고 싶지 않아. 이런
얄팍한 감정, 다 똑같다는 말에, 지나가는
자동차처럼, 감정을 흘려들으며 바다로 돌아간다.
다 똑같다는 말을 들으면, 아무도 날 이해하지 못할
거라는 기분이 드는 건, 어째서일까. 물리법칙?

눈앞에서 교통사고가 날 때까지는 아무도
돌아보지 않는다. 그걸 알기에, 다들 그렇게 위험한
운전을 한다. 자길 돌아봐주기 바란다. 그러고는
누군가를 들이받겠지. 죽여버리는 거야. 애초에 애정
따위 없어도 좋았다. 없는 게 나았다. 사랑 따위
없어도 된다는 말은, '착한 사람'들이 총을 겨눈
것이리라. 저는 세계 평화를 바라고 있습니다. 싹 다
너무 싫습니다.

봄 내음

문득 이는 봄 내음으로 잊힐 만큼, 그렇게, 가벼운
마음으로 사랑받고 싶다. 스치는 새끼손가락만으로도
체온이 동요하여, 늘 누군가는 상처받고 있다고
알려주는 게 마법 같다. 남을 괴롭혀본 사람으로
꽉 찬 가게에서 먹은 팬케이크가, 나의 마지막
청춘이었는지도 모른다.

어른들은 나이를 먹으면 시간이 빨라진다고 하는데,
그렇담 옛날보다 천천히 들리는 음악도 있을까.
애정도 언어도 생명을 따라잡지 못해서, 인간은 하는
수 없이 상냥한 할머니가 된다. 네가 모르는 곳에서
비극이나 불행이 끝도 없이 일어난다. 그러니 행복한
척하지 말라는 것이 너에게는 정의고, 무기겠지.
그러니 온 세상에 슬픔이 넘치는 게 좋다고 생각해.
네가, 언제까지나 강한 존재로 남을 수 있도록.

죽은 생물에서 열이 뿜어져 나와,

구름의 궤도에 오르는 사이, 우산은 필요 없다.

증발하는 비. 사막은 가장 온전한 별 본연의
자세다.

알아, 네가 나를 좋아하지 않아도,

곁에서 사라져도, 거짓말을 해도, 절망에 빠져도,

귀여운 사람으로 남아 있을 것임을.

그것이 나를 안심시킨다.

어떻게 살아갈까. 행복할까, 불행할까

그런 건 중요하지 않다고 하는 우리들에게

사랑 같은 말 따위 필요 없습니다.

공기의 시

하는 수 없다, 죽는 것도, 시시하게 사는 것도,

그게 너의 성질이니 하는 수 없잖아.

별과 풀과, 동물은, 우리와 달리 세포를 열심히
단련시켜서,

오직 살기 위해 태워나간다.

고독을 말할 땐, 생명이 썩는 냄새가 나.

너는 바다를 바라보고 있었다.

고요함만이 사람을 있는 그대로 드러나게 한다면,

석양의 시간이 하염없이 이어지기를 빈다.

너의 생명도, 영원하기를 빈다.

조가비의 시

어여쁜 인생

　재해 수준의 야경을 보고 싶다. 전 인류가 동시에
휴대폰을 켠다면, 하늘에서 사라지는 별도 있을까.
별을 죽일 수 있다면 한번 해보고 싶네. 혼자 사는
인간의 감정만큼 지루한 영화도 없다. 갑작스런
홍통과 천재지변과 분노가 늘어선 걸 고독이라
부른다면, 나를 기다리는 건 고독사뿐이다. 탁한
바다색 분노에 이마까지 잠그고, 수평선 너머에서
유턴하는 무수한 배를 떠올린다. 나를 스쳐 가는
모든 인간이, 나 아닌 누군가의 집으로 돌아가는
중이다.

　너는 사랑마저, 욕설의 비료로 쓰는구나. 난방을
틀어놓은 방에서 흐려지는 유리창을 손으로
주워 담듯 지워나가는 사이, 창 너머로 뜨끈한
투명이 늘어간다. 세계가 건네는 상냥함의 리미트.
콤플렉스를 자극하는 게 사람을 상처 주는 가장

좋은 방법이라고는 믿고 싶지 않다. 우타다 히카루의
노래를 들으며 학교 운동장 냄새가 떠오른다면,
너의 유년은 아름답다. 가족을 향한 모욕에 제대로
격분하는 인류가 되어줘.

　친구가 죽으면 슬프지만, 가족이 죽었을 때보다는
덜 슬플까. 라는 생각은 사람이기에 드는 걸까,
사람이 아니기에 드는 걸까.
　고독한 사람일수록, 어여쁜 인생.

어느 CUTE

죽는 걸 불행이라고 생각한다면, 사는 것도
어렵다. 열차 선로 한가운데 묻어놓은 러브레터가
멋대로 타올라 사라지고, 누군가의 소중한 집을
소실시켜버린 날. 나, 사실은 조금도 불행하지
않았어, 고독하지 않았어. 그저 욕망이 멈추지 않을
뿐이라고, 바람이 구름 위에서 신음하고 있다. 양말이
흘러내려도, 걷는 데는 문제없는 세상에서 네가
죽어도 살아갈 거란 사실이 어째서 뒷맛 씁쓸하게
다가올까. 단물 빠진 껌을 뱉어버리는 일과, 오늘도
몇만 명이나 몸을 던져 죽는 일이 다르지 않다고,
말할 수 있다면 나는 아마도 귀여워질 수 있겠지.

꿈을 찢어버리면 돈이 된다. 시부야 거리에서,
미래를 포기할 때마다 예쁜 옷을 얻을 수 있다는
기분이 든다. 거리에서는 전기와 가스가, 혈액보다

소중하기에, A형은 언제나 부족한 기색, 잠을 못 잔 기색. 야경은 별을 죽일 수 있기에, 나는 누구보다 화장품을 믿고, 눈꺼풀에 빛의 알갱이를 얹는다.

　음악의 주역이 내가 아니라는 건, 스테이지를 보면 일목요연. 그래서 또 외롭다고 한다면, 조금 귀엽고 연약한 유리처럼 움직이는 그저 지점토로 만든 여자아이. (네가 나를 좋아한다고 한다면, 세상은 지금보다 얄팍하고 간단해질 테니, 기대하고 있을게.)

4월의 시

꽃은 지더라도 죽지 않고, 잊을 만하면 다시 피어 이쪽을 본다. 우리는 외로워서 사라지고 싶어도, 한 번 사라지면 영영 못 돌아와.

토요일을 기다리며 숨 쉬고 있노라면, 마치 리듬으로 관을 짜듯 키를 조정하는 것만 같아. 40년 후에 죽습니다, 라는 소리를 들어도 난 아무것도 바뀌지 않겠지. 시시한 생명, 시시한 호흡. 그걸, 사랑스럽다고 말하는 널 바보 취급하지 않는, 나는 바보이지만.

스트레스, 그걸 줄이는 정신분석 같은 건, 어차피 감정일 뿐이고, 나는 더욱더 오래 너와 있고 싶다. 그걸로 해결되는 건 영원히 없겠지만, 널 좋아해. 꽃구경 가서, 멍하니 꽃을 보며 술을 마시고 싶다. 꽃 저편으로 별이 보인다. 별은 죽으면 사라지지만,

아무도 그걸 눈치채지 못하고, 빛만 계속 남는다.
너는 그게 부럽다고 말하지. 하지만 너의 빛이
남는다 해도, 내가, 죽으라고 말할 시간이 없다면,
장난이었다고 웃을 수 없다면, 의미가 없어. 죽지
말아줘.

사랑은, 내겐 너무 청결해.

흐르는 빗물이 강물을 이룬다면,

나의 혐오는 그대로, 나의 역사가 되겠지.

"파란 봄은 투명한 가을이 되어야만 한다.

다른 색은 있을 수 없다."

주스가 너무 달아도 사버린 이상 다 마시고 마는,

그런 어른이 되었다면 절망을 손에 넣을 수

없으리라.

죽음이 있기에, 끝이 있기에,

아름다움이 있다.

내가 사랑한 모든 것은 반드시,

나를 버려야 했다.

헤드폰의 시

차원의 고독

바람이, 나의 시계視界를 지나, 하늘 저편의 별에
닿을 듯한 소리로 사라져간다. 내가 기다리는 시간은
언제나, 인간이 영혼을 날려버리고 사라져가는 그런
기운과 함께했다. 외롭다는 말은 죽고 나서 하라며,
요동치는 바람이 머리 위로 부는 듯했다.

갖고 싶은 것이 있는데요   그게 거리도 사람도
아니니, 지금은 행복하겠지요. 피가 튀어, 어디선가
다른 몸과 함께 살고 싶어 하는 듯한, 그런 마음이
사랑을 품는다는 감정일까?   널 좋아하지만, 내일도
좋아할지는 모르겠어. 그런 쌀쌀맞은 감성이 당신의
뇌를 쾌감 범벅으로 만드는 주제에.

상냥한 사람이 없는 세계는, 빛이 날카롭고
아침놀이 아름답다.

네가 지키고 싶은 걸 잃어가는 것이, 청춘이며,

인생의 향신료라면,

그거, 죽으라는 이야기 아닌가.

어서 와

17세 미만의 여자아이가 세븐틴을 읽는 교실.
nonno의 여대생 모델을 동경하는 여고생. 자기는
이제 어른이란 생각에, 그보다 위는 죄다 노인이라고
하지 않으면 분이 풀리지 않았다. 하지만 언제부턴가,
동경의 대상이 나보다 어린 사람이 되어간다.
똑같은 실내화를 신던 친구가 아기 엄마가 되었다는
이야기가 아무 위화감 없이 흐른다. 누가 살고 누가
죽었는지, 그런 것조차 애매해질 정도로 가는 실
같은 관계가, 눈높이 수면에서 흔들흔들하다가
가끔씩 뚝 끊어졌다.

이로써 나도 옛날 사람입니다. 술맛을 알았을
때, 교복을 버렸을 때, 나보다 어린 야구 선수가
미국으로 진출했을 때. 제대로 숙성되었는지도 알
수 없는, 오래된 감성. 끝나버릴 사랑은 사랑일까?

세상에서 가장 예쁜 소녀가 일 년 주기로 바뀌는
동안, 내가, 여기서 살아남았다는 사실이 가장 천박한
일인지도 모른다.

　여름과 가을이 파열하며 뒤섞이는 냄새. 누군가가
녹아서 생긴 비가 내리면, 외로움 같은 게 있을 리
없다. 도망치는 게 제일이라 여기고 살았다. 조각난
젊음이 유라쿠초 역 앞에 똑똑, 떨어졌다. 그래서
뭐. 생명의 가치마저 닳아 없어지는 것이 미래란 걸,
나는 잘 알고 있다.

　아, 과거의 어느 조각보다도, 지금, 유리가
아름답게 빛을 반사시켰다. 위인의 사진에 낙서를
했다는 죄로, 우리는 불행해진다. 쌍방과실이니
안심해. 잠은 잘 잡시다. 빨리 살고, 오래 죽읍시다.

타인의 언어는 결코, 나의 정답이 될 수 없음을
알기에,

홀로, 밤을 읽지 않기로 한다.

틀어막은 도시에선 무엇이 흘러나왔을까.

두툼한 구름 아래서, 소용돌이처럼 사랑과 친절을
교환하며,

죽어가는 것이 인간의 미학.

네가 입에 담는 욕 그 자체가 되어보고 싶었다.

청결한 척하며, 딱 한 번만 순수하게,

너를 긍정하는 언어가 되고 싶다.

공백의 시

꽃밭

가여운 나의 이름은, 대량생산된 스티커에 찍혀,
같은 이름 여자아이들에게 팔리고는, 말도 안
되는 곳에 붙여지고 문질러져 지워져간다. 매일을
완결시켜야 한다는, 오직 그 이유 때문에, 오늘도
꿈에 대고 체념과 실망을 중얼거릴 의무가 있었다.
도쿄와 연애가 도미노처럼 쓰러지고, 그 흔적에
인생이라 이름 붙이는 방법. 보다 나은 인생을 얻기
위해서는, 보다 황폐한 거리로 여행을 떠나야 하리라.
해산한 그룹의 라이브 음반을 반복 재생하며,
무언가가, 아직 끝나지 않았다고 한다. 나의 몸,
늙어가는 기미가 보여. 그리운 사람들이 말한다.
도시에 사니까, 밤을 새우니까, 싫어하는 것들을
늘려가며 살고 싶다. 그리고 천천히, 죽음을 받아들일
준비를 하고 싶었다. 미워하는 데 백 년이 걸린 그
사람을, 사랑하여 없던 일로 하고 싶었다. 그뿐,

그뿐인 세계로 되돌리길 꿈꾸며, 사랑한다는 말을
발성 연습 중인 심야.

　이 세상에서 가장 불필요한 것은, 분명 나의
상냥함입니다. 사람과 사람답게 살기 위해서라도,
이곳이 천국이라는 사실은 영영, 비밀로 하고 싶다.

자각

어떤 말이 나에게 상처가 되는지,
알려주면 너는 더 고독해질까.

  냉동실에서 꺼낸 물은, 몸속에서 녹아내리는
한여름처럼 투명하게 변한다. 피부에 닿는 먼지와
빛 같은 것, 스쳐 가는 것들에서 아침을 느끼는
동안, 나는 내가 사람으로 태어난 의미가 없다고,
생각하리라. 멀어지는 파도 끝에, 네가 뱉은 침을
싣고, 더는 아무도 울지는 않는 심해로 가라앉았다.

  계절이 연인이다, 라고 중얼거렸을 때, 갑자기
세계가 보석에 빛을 반사시키듯, 나의 고독을
관찰하기 시작한다. 영원의 안쪽. 여러 육체와 정신을,
나는, 내 안에 반사시키지 않으면 안 되는 것일까.

나의 가치　너와는 분명 관계가 없다

나의 가치　네가 있건 없건,

확정되어 있다

네가 살아 있다는 것　사실 나와는 상관없는
일이다

이 시간을, 사랑이라는 말로, 얼버무려서는 안 된다

약간의 혐오　약간은 죽어버렸으면 하는 기분

그걸 서로 부정하는 시선

네가 하나의 귀중한 생명이라는 사실을,

나는 인간이기에 이해할 수 있었다

태어나서, 다행이다

사람의 시

이제 끝이야

　맛있는 초콜릿 가게 메모를 손에 넣는 행복과, 길흉을 점치는 제비뽑기는 닮았다. 한겨울 빨간 나무 열매의 이름을 모른 채, 살아가고 싶다. 젊음이 조용히 지나가게 두고 싶다. 긴 연애의 끝에 있는 흰 벽에는, 너는 이제 끝이야, 라고 자그맣게 쓰여 있었다. 나락이라는 것, 지옥이라는 것, 언어라는 것을 믿으면 아무튼 바닥이 보이겠지. 영원토록 추락하는 것이 두려워, 악몽 때문에 소중한 상상력을, 하나둘 지워나갔다.

　봄, 태어난 날 받은 축복을, 기억하는 사람은 없다.
　그러니 매년 벚꽃은 피고, 우리는 단 2초 동안만 투명해진다.

미술관

　떨어지는 석양. 비디오테이프에서 잘려 나간
오래전 세계 어딘가가, 좀비처럼 남아 있다. 저주나
다름없다. 정신은 죽음보다 멀리, 그리운 고독을
낳는 일에 성공한다. 내가 나를 가엾게 여기지
않는 건, 다른 그 무엇보다 비극이다. 가여운
사람은 가여운 채로 죽어가는 수밖에. 방과 후는
아름다운 수레바퀴. 혜택받은 인생. 냉동된 음식을
쌓아뒀다가, 수학여행지가 폭격을 맞는 꿈을 꾸었다.

　나의 가장 못난 부분이 저 깊은 곳에서 호수처럼
반짝인다. 물속을 헤엄치는 물고기들이, 결코
죽지 않는다는 사실이 아주 조금 기쁘다. 소중한
감정은 예외 없이 묵직하여 바닥으로 가라앉는다.
100퍼센트, 아름다움 탓에 울고 싶다. 슬픔이나
외로움은 하수도에 버려버리고.

파란 단풍이 하늘 가득 번지다, 금세 지고 겨울
같은 밤이 온다. 가로수도 아닌데 반짝거릴 생각은
추호도 없다. 나는 누군가의 자존심을 위해,
모욕당해도 좋았다.

의미도 없이 타올랐다가,

사라져갈 생명이 아름답지 않다면 별도

마찬가지다.

네가 없어져도 나는 살아갈 것임을 안다는 게,

보통의 생명력이며, 에고조차 아니란 걸 슬퍼할

여유도 없었다.

오래 자는 사람은 사업 폐기물 같아.

교차로가 바다처럼, 빛을 모으고 있었다.

좋아한다는 말과 경멸 사이에서,

반응에 큰 차이가 없는 나의 심장.

거리의 보석은 네온사인이나 별이 아닌,

졸리지도 않으면서 억지로 감은 너의 눈꺼풀 속에

있다.

블랙의 시

당신들은 귀엽다

사이하테 타히

누군가에게 100퍼센트 이해받는, 그런 인간, 이 세상에 존재하는 의미가 없다.

우울감이 귀여워 어쩔 줄 몰랐다. 남들에게 말 못 할 유치한 감정, 올바름이니 상냥함이니 그런 것들에 짓밟히는 고민, 고름. 있어서는 안 되는 감정으로 치부되는 것들이 좋다. 있어서는 안 되는 감정, 그런 것이 있을 리 없는데, 그럼에도 맞서는 모습이 좋았다. 아무리 인수분해를 해본들 이해받을 수 없을 그 감정이, 그 사람을 오직 그 사람으로 존재하게 만든다. 사람은, 자신이 귀엽다는 사실을 좀 더 분명히 알아야 한다.

누군가와 대화를 나누다 보면, 이건 이 사람다운 버릇이구나, 싶을 때가 있다. 표정에도 그 사람이 깨닫지 못하는, 그 사람만의 웃는 모습이나 맞장구치는 방법 같은 게 있다고 생각한다. 그런 것, 그걸 '귀엽다'고 다부지게 말할 줄 아는 사람이 되고 싶다. 마음도 마찬가지로, 그 사람이 망가뜨린 마음, 지워버린 마음, 그 사람 자신조차 잊고 지낸 에고에 대고 귀엽다고 하염없이 말하고 싶다. 쭉 이런 생각을 했다. 나라는 존재는 타인이 보기에 대단히 불가해하며, 그들에게 날 이해해달라고 요구하는 것부터가 말도 안 되는 폭력이라고. 상상을 초월할 만큼 타인은 나를 이해할 수 없고, 그렇기에 나는 자유로우며, 또 그렇기에 살아갈 수 있다. 내가 타인을 귀엽다고 생각할 수 있는 것도, 분명 같은 이유였다.

렌즈와 같은 시를 쓰고 싶다. 누군가가 가진 감정이나 이야기를 조금 다른 빛깔로 보여줄 수 있는, 그런 시를 쓰고 싶다. 인간의 몸속에는 처음부터 가치관이 있고, 감정이 있고, 경험이 있고, 과거가 있고, 미래가 있고, 예정이 있고, 기대가 있고, 불안이 있어서, 그것이 전부 책을 읽는 사람의 멜로디로, 풍경으로, 내가 쓴 것과 서로 보완하며 하나의 작품으로 만들어준다. 나는 나의 언어 개체보다도 그 사람과 만들어낸 단 하나의 완성품을 보고 싶다. 그것이 그 사람 자신의 '귀여움'을 찾아낼, 작은 동기가 되기를 바랐다.

나의 시가 조금이라도 좋았다면, 그건 결코 내 언어의 힘이 아니며, 애초부터 당신 안에 있던 무언가의 힘이다. 꼭 나의 작품이 아니더라도, 당신이 문득 본 풍경이나 새의 지저귐, 좋아하는 노래, 그런 것들로 표정이 환하게 밝아지는 날이 있다면, 그건 분명 당신 안의 무언가가 마음에 울려 퍼져, 모든 걸 눈부시게 만들어준 까닭이리라.

세상이 아름답게 보이는 것은, 당신이 아름답기 때문이다.

그렇게, 단언할 수 있는 인간으로 살고 싶다.

언어를, 언어가 초월하다

시는 언어이면서, 언어가 아닌 형태로 우리 마음 깊숙한 곳에 닿습니다. 말로 표현할 수 있는 감정이나 사고는 아주 조금뿐이고, 대부분은 언어가 되지 못한 채 강물처럼 의식의 밑바닥을 흐르고 있습니다. 그것은 어쩌면 '나'조차 되지 못하고, 어디서 다른 누군가의 강과 이어지는지도 모릅니다. 시의 언어는, 공감과 이해로부터 동떨어져 존재하지만, 그러나 그러하기에, 강물 속으로 흘러들 수 있습니다. 강물에 떨어진 나뭇잎이나 꽃잎으로 강이 흐른다는 걸 알 수 있듯이, 시도 그곳에 다다릅니다.

저는 주어–목적어–동사로 이어지는 일본어 어순을 좋

아하는데, 한국어 역시 어순이 같은 언어이기에 예전부터 무척 흥미를 느꼈습니다. '나는 커피를 마신다' '당신은 고양이를 키운다' '그녀는 너를 사랑한다'. '행동'보다 '대상'을 먼저 서술하는 이 어순은, 신체보다도 세계를, 우선적으로 의식하는 방식처럼 느껴집니다. 이는 제게 매우 자연스러운 일입니다. 저는 제 몸이 보이지 않습니다. 원래 제 행동이 '나'의 축이어야 하는지도 모르겠지만, 저는 오히려 제 시야에 비친 사물 혹은 사람에게서 '나'를 발견합니다. (그 대상에 초점을 맞추고 있는 건 '나' 자신이기에.) 사람은, 각기 다른 인생을 살기에, 서로를 쉽게 이해할 수 있을 리 없지만, 그래도 뒤섞여 살며, 서로가 서로의 시야에 들어온 순간, 인연이 생긴다는 사실이 즐겁습니다. 이 어순은, 그런 모호한 관계와 자아의 모습에 근접해 있다고 생각합니다.

　시가 다른 언어로 번역되는 일은, 시인에게 매우 기묘한 경험입니다. 언어로 다룰 수밖에 없는 감정이 다른 언어로 바뀌었을 때, 그때 시는, 바닥에 감춰진 본질의 '시'

를 드러내는지도 모릅니다. 언어이면서, 언어가 아닌 곳에 닿고자 하는 것이, 바로 시이기 때문에. 한국어가 된 저의 시가, 지금 무척이나 사랑스럽습니다.

2020년 여름

사이하테 타히

깊은 밤, 짙은 고독의 세계로

정수윤

한밤중, 강남이나 종로, 광화문 같은 도시를 걷고 있으면, 푸르스름하게 짙은 어둠 속으로 빨려 들어가는 기분이 든다. 저 웅장한 빌딩들은 창문의 개수만큼 눈을 껌뻑이며 나를 내려다보지만, 감정이 없다. 따뜻함이 없다. 타히 식으로 말하자면, 내가 죽거나 살거나 관심이 없다. 그저 차고 푸른 눈을 껌뻑껌뻑, 할 뿐.

밤의 도시란, 그런 곳이다. 지나간 시절의 낭만 따위 없는 곳. 우리는 그런 도시에 살고 있지만, 그래서 조금은 무섭고 선뜩하지만, 한편으론 그런 분위기가 못 견디게 좋다. 내가 묻혀버리는 감각이 서늘하면서도 기분 좋

아. 이미 인류는, 도시에서 태어나 도시에서 살아가는 도시의 자식들이기 때문일까. 밤의 도시가 우리를 낳았다. 아무도 나를 알아주지 않고, 아무도 내게 관심이 없고, 아무도 날 사랑하지 않는, 이 기분이 끔찍하게 외로우면서도 자유로워. 진정으로 내가 나인 기분. 그 무엇에도 속하지 않고, 그 무엇에도 구속받지 않는, 그저 나인 나. 타히는 이런 기분을 '자살한 것이나 마찬가지'라고 표현했을까. 죽고 싶다는 마음까지 들진 않지만, 괜히 한번 뱉어보고 싶은 말, 죽고 싶어, 죽어도 좋아, 우리 그냥, 죽어버릴까. 인간 세상의 금기어.

타히의 언어는 인간 세상의 금기를 정면에서 공격한다. 터부 따위, 날려버려. 어른들은 입 밖으로 뱉을 수 없는 말. 어른들에게 꺼냈다간 혼이 나는 말. 그런 어른이 되어버렸다면, 이 세계에 영원히 발을 들이지 못한다. 죽을 때까지 이해할 수 없을 거야. 어른들은 이 거대한 어둠의 세계에서 추방당한다. 결과 위주의, 가치 중심의, 목표 지향적인 세계에 살면서, 한 발자국도 거기서 나오려

하지 않고, 아니 나오길 두려워하고, 아이들을 그 안으로 잡아끌면서, 거기 들어가지 않으려고 몸부림치는 영혼을 낙인찍는 어른들은 타히의 세계를 이해하지 못한다. 무용의 놀이, 악몽의 늪, 검은 눈사람을 자꾸만 키워나가는 환영. 밤의 도시를 활보하는 괴물은 마을보다 지구보다 우주보다 커졌다가, 해가 뜨면 아무도 모르게 작아지길 반복한다. 타히의 시집은 우리에게 이런 어둠을 선사한다. 밤을 선물한다. 고독이라는 꽃을 꽂은 미치광이의 세계로 안내한다.

이 시집을 영화로 만든 이시이 유야 감독도 그런 생각을 했을까. 국내에는 〈도쿄의 밤하늘은 항상 가장 짙은 블루〉라는 제목으로 2019년 개봉했다. 나는 이 영화를 제3국의 작은 섬 외로운 해변에서 혼자 보았다. 열대의 장마가 이어져 공기가 무거웠던 어느 밤이었다. 분명 대도시의 사랑 이야기였는데, 사람들이 빠져나간 쓸쓸한 바닷가 분위기와도 잘 어울렸다. 아마도 '짙은 고독'이라는 하나의 본질이 그 공간과, 시집과, 영화를 모두 아우

르고 있었기 때문이리라. 나는 영화 보는 내내 울컥울컥
했는데, 지금 생각해보면 그 마음이 이 시집에 나오는 다
음 구절 하나로 집약되는 듯하다.

고독한 사람일수록, 어여쁜 인생.

그런데 궁금하다. 플롯이 없는 한 권의 시집이 어떻
게 영화로 만들어졌을까. 우선 전작인 『사랑이 아닌 것은
별』(2014)이 2만 부 가까이 팔리면서 시인의 존재가 세
상에 드러났고, 『밤하늘은 언제나 가장 짙은 블루』(2016)
역시 3만 부가량 팔리며 대중의 사랑을 받은 현대 감수
성 언어가 한 젊은 영화감독의 손에 들어간 것까지는 상
상해볼 수 있다. 하지만 각기 다른 43편의 시가 어떻게
100분이 넘는 장편영화가 되었을까? 도쿄의 젊은 남녀,
신지와 미카는 이시이 감독이 시집을 읽고 영감을 받아
만든 캐릭터다. 그들이 만나고 사랑하고 꿈꾸는 밤과 낮
의 대화는 어떻게 시의 언어로 치환되었을까? 퐁퐁 터지
는 궁금증에 대한 답은 두 사람의 입을 통해 들어보자. 다

음은 시인과 감독의 라디오 대담 일부.

감독 애초에 필요 없는, 무용한, 본래의 의미가 벗겨
져 나간 듯한 언어가 많잖아요, 살다 보면, 우리
주위에. 이 영화에는 일부러 그런 언어를 많이
쓰고 싶었습니다. 그래서 신지라는 남자는, 의
미가 있는지 없는지 모를 말을 계속 퍼붓죠. 하
지만 무의미해 보이는 그 말들 속에 의미가 있
을지도 모른다, 그런 걸 다루고 싶었습니다. 그
건 사이하테 씨의 시에서 적지 않은 영향을 받
았어요. 꼭 필요한 말들만 이 세상에 남는다는
건 뭔가 아니다, 인생도, 의의가 있는 일들만 매
일 일어난다면, 분명 지루할 거고…….

시인 그건 정말 부담스러운 일이죠. (웃음)

감독 그러니까 아무래도 좋을 말이랄까, 쓸데없는
말, 불순물, 의미가 없는 말이 있어 마땅하고, 그

런 데서도 가치를 만들어낼 가능성이 있다, 그 런 뉘앙스로 만든 영화입니다.

시인 처음 각본을 읽었을 때, 쉼 없이 말을 이어가는 신지 캐릭터가 무척 좋았습니다. 저도 시를 쓸 때, 의도적으로 가벼워진 언어를 써요. 가벼워 졌다, 라는 건 키워드잖아요. 죽을 만큼 괴롭다, 라거나 죽고 싶다, 라는 말을 쉽게 하는, 그만큼 그 말을 쓰는 사람에게는 죽는다는 말이 키워드 라고 생각해요. 그래서 가벼워지는 거죠. 쓰고 쓰고 닳고 줄어서. 근데 그걸 일부러 피할 이유 가 있을까. 사랑, 연애, 죽음, 그런 단어들을. 요 즘처럼 언어가 넘치는 세상에서, 누구나 발신이 가능하고, 자기 기분을 언어로 변환하면 누군가 듣고 있는 게 아닐까 하는 생각이 들고, 하지만 실은 아무도 듣고 있지 않을지도 모르고, 들어 줄지도 몰라, 싶어서 말하는데 아무도 들어주지 않을 때, 인간은 아마도 침묵하지 않는 것 같습니다. 그래서 신지의 요설체饒舌體를 봤을 때, 엇, 이 기분, 나도 알아, 싶었어요. 눈앞에 수많은 괴로움이 나타나고, 그런데 인간은 누구나 다들 괴롭잖아요. 내 괴로움이 특별해 보이지만 실은 밥 먹는 횟수만큼 괴로운 게 인간이니까요. 그런 인간이 그대로 육화된 느낌이었어요. 지금이라는 시대를 살아가는 인간의 괴로움 같은.

감독 플롯은 일부러 짜기보단 떠오르는 이미지를 그대로 썼습니다. 신지는 한쪽 눈이 안 보입니다. 주변이, 세상이 반밖에 보이지 않죠. 시집을 읽고 왠지 그런 이미지가 떠올랐어요. 여주인공 미카는 사이하테 타히 씨입니다. 어떻게 세상과 사람을 보고 있는지 그런 가치관에 영향을 받아 만든 캐릭터예요.

시인 각본을 읽고 이상한 사람이라고 생각했는데요. (웃음)

감독 배우는 신인입니다. 현대 도쿄를 완전히 새롭게 그리려고 전작이 없는, 아무 색도 칠해진 적 없는 배우를 쓰고 싶었어요.

시인 기존의 색이 없는 건 제가 처음 시를 쓸 때와 비슷하네요. "자, 시를 써보자"라고 생각하고 쓰면, 이미 어떤 모델이 있기 때문에 본질에 다가가기 힘듭니다. 좋은 시를 읽고 나도 이렇게 써볼까, 했을 때 의외로 다들 쉽게 자기 언어가 아닌, 기존에 있는 언어를 쓰거든요. 그렇게 되면 진짜 자신, 그 본질에서 멀어지죠. 그런 점에서 십 대가 좋다고 생각해요. 그땐 무의식적으로 자기만 보고 쓰니까요. 자기만 할 수 있는 것이 그때 나옵니다. 그래서 저는 못해도 좋으니까 십 대 때 뭐든 많이 만들어보는 게 좋다고 생각합니다. 그 시기는 일종의 유예된 시기, 자기만의 것을 직관적으로 간직하는 시기니까요.

(TOKYO FM Curators, 사이하테 타히×이시이 유야, 2017. 5. 14, 21)

세상으로부터 유예되는, 유폐되는 시기. 밤의 꿈속으로 아무런 두려움 없이, 아니 두려움을 안고서라도 호기심에 가득 차 걸어 들어갈 수 있는 젊은 날. 하지만 나는 이 시기를 세상이 구분 지은 나이로 규정하고 싶지는 않다. 사십 대에 비로소 십 대가 오는 사람도 있고, 칠십 대까지 십 대로 사는 사람도 있으니까. 인생은 오직 자기 마음의 시계에 따라 움직이는 것이기에. 자기 자신의 가치를 스스로 깨닫기만 한다면 말이다. 본인에게 재능이 있다고 생각하느냐는 이시이 감독의 질문에, 타히는 말한다.

나에게는 재능이 있다, 나는 천재다,
그렇게 생각하지 않으면 아무것도 시작할 수 없다.

밤은 그 크기를 알 수 없다. 어둠은 무한대다. 나도, 그녀도 그리고 여러분도, 밤의 크기만큼 무한한 재능을 가졌다는 사실. 어둠만큼 측정 불가능한 가능성을 가졌다는 사실. 오늘 우리가, 이 한 권의 시집을 읽으며 이것을 깨달았다는 사실만으로도, 이 밤은 의미가 있으리라. 만약 우리에게 그 어떤 재능이 있다면, 그 어떤 가능성이 있다면, 여기 아무리 고독한 시간의 늪이 있다 해도, 어느 누가 다가와 쓸데없는 참견을 해댄다 해도, 코웃음 치며 자기 세계로 빠져들 수 있을 테니까. 이 밤이, 이 시집이, 그래서 나는 좋다.